Alberto Luiz Pereira da Costa

Trinta poemas para acordar passarinho

À Angélica Carvalho Lemos
Que acompanha
o brilho festivo dos dias de Luta
e as vezes girando em festa.

Aos pássaros do cerrado mineiro.
Que nós consigamos proteger os passarinhos:
Mutum, Quero-quero, Siriema, Tucano-toco,
Arara-Canindé, Periquito, Águia-cinzenta,
Beija-flores, Curicaca... todos!

“Meu amor foi o sol que madrugava,
O canto matinal dos passarinhos
E a rosa predileta....”

Álvares de Azevedo

Epígrafe

Esta minha fala é muitas línguas,
quiçá até de pássaros,
que me come o cocuruto ainda adormecido
das noites cansadas, mal dormidas, indefinidas
que me remexem a vida,
neste encontro magro de minha entrevidas,
explodindo-se,
em minhas manhãs magras,
em toda poesia.

Quero te dizer, meu amigo,
antes que tu me digas,
antes que o sol nasça,
toda minha vida...

Já ouviste o canto dos pássaros?

Zé Maria Madureira
Uberaba, junho de 2024.

Sumário

Apresentação	13
Prefácio	16
Prefácio	20
Prefácio	24
Poesia da infinita beleza da vida	30
Noite vazia	34
Aurora	36
Girando em torno do sol	38
Em construção	40
Para te ver, mas nunca te conheci	42
Renovação da ressaca	44
Quando vem a madrugada	46
Território em eterna construção	48
É certo, amanheceu...	50
Maltrapilho	52
Todos cantam	53
Obá	54
Amanheceu com os passarinhos	56
Virou sereno	57

Canto de passarinho 58
Antes do amanhecer 59
Poeminha em dia festivo 60
Galo cantante madrugadeiro 62
Trabalho pesqueiro 63
Bares, geladas e outros petiscos 64
Desenho em nuvens antes do amanhecer 66
Música dos passarinhos 67
Antes do sol nascer 68
Na vida com dança 69
Conferência de passarinhos 70
Antes que seja noite 71
Nestes dias de sol 72
Sintonia enluarada 73
Entre lagos no sereno da manhã 74
Classe social 76
Dia e Noite de poesia 77
Subtração cotidiana 78
É noite 79
Poesia de fim de tarde 80
Corpo rígido 81
O trem que vai madrugada afora 82
Na instituição 84

Coisa miúda 85
O vento da madrugada 86
Improviso de cenas no centro cultural 88
Corpo que grita 89
Caboclo antropofágico 90
Desenhando o planeta 91
Noite de carnaval 92
Frescor de coisa viva 93
Delírios madrugadeiro 94
Poema: Camadas 95
Aprendendo com passarinhos 97
Quatro dias de folia 99
Pão e vinho 101
Aroma entre as flores 103
Acordado nos sonhos 105
Alegria triste 107
Barqueiro noturno 109
Era outono 111
Noite chegando 113
Brilho do céu 114
Expressão poética 115
Tração na corda 116
Comunicação de passarinhos 117

O mundo da janela de casa 118
Debruçado no parapeito da varanda 119
Poema é vida estradeira 120
Esgotando prazeres 122
Fim de todas as coisas supérfluas 123
Poesia selvagem 124
O sol chegou bem cedo 125
Sereno, folhas e outros ventos 126
Passarinho em casa no dia chuvoso 127

Poemas em lupas para aumentar coisas 128

Música de Trabalho 146
Salve a Mãe Terra 147
Batuque para Libertá, estudo para libertá 149
Doce na panela 150
Toca o tambor 152
Menino velho 154
Folia 155

Posfácio 156
Sobre o autor 160

Apresentação

A obra "*Trinta poemas para acordar passarinho*" foi escrita entre os anos de 2020 e 2024, nas cidades de São Paulo e Uberaba. Livro de poesia de bolso, como costumamos dizer. O mundo poético é um mundo vasto, um mundo ilustrado, que nos faz caminhar com utopia e esperança em meio a um mundo ora doente, ora sombrio, ora alegre, ora cansado, ora extasiado, ora ébrio, ora fértil, ora feliz, ora utópico, ora bolas, ora horas...

O mundo poético é isso, leitores: nos remete a sensações das mais variadas espécies. A poesia tem essa função — com momentos de sim e não, momentos de riqueza ensolarada ou pobreza enevoada. Como diz o verso: "*Estamos sempre em construção, mas nunca ficaremos prontos. Nunca estamos prontos, sempre estaremos em construção.*" é um verso leve, que busca revelar a nuance humana do ser -travessia, do sujeito em construção, com seus dilemas diários, notórios, falidos, abstratos, enunciados, coercivos, linguísticos, argumentativos, cooptados, alienados, sugados, distraídos, acelerados, nebulosos — com um montão de coisas a serem restauradas.

A poesia é um poço de abstração, nos envia à abertura de portas e janelas, à instalação de tramelas e à ausência de rolhas no poço que atravanca a passagem. Dentro da garrafa, existe um papel enrolado com uma fita; ninguém sabe o que ali se encontra, escrito.

O mar é para quem sabe navegar ou para qualquer aventureiro?

Barco que leva e traz tudo que for capaz, tudo que nada faz sentido e tudo que satisfaz. Peixe gigante, peixe pequeno, mercúrio na água, copo de veneno. Onda que balança sem eixo, que leva segredos e conta aos deuses que mais de setenta por cento da superfície do planeta Terra é coberta pela água dos oceanos. Noite e dia, poesia crua. Sol e lua, inspiração nua de poetas, cancioneiros e literatos.

Dentro do armário, existe um vaso chinês, daqueles que ninguém pode tocar, usar ou lavar. Então, para que esse objeto sagrado? A arte da exposição inquietante, sem beleza nem alegria, mas com todo o encanto, nos remete à poesia.

Poesia não se joga na mesa como bilhar — ou pode se jogar, a poesia é coisa séria: é para ser lida, falada, recitada, relida, gritada, chorada, interpretada e recomendada. No bar da esquina, vejo um poema na garrafa de pinga.

Na biblioteca municipal, vejo um poema matinal. Dentro da universidade, existem poemas e vaidades. Na praça, um corpo na porta da igreja grita poesia. Poesia como música, utopia, tons e fantasias. Na escola, ensinam poesia. No dia da poesia, começamos com dança, para alegrar a cotia, para iniciar a festa sem limitação nem excesso. Do resto, a poesia se manifesta e nos empresta seu poder de equilíbrio flexível em meio ao caos urbano.

O livro apresenta uma sequência de poemas que nos faz refletir sobre nossa existência humana neste cotidiano com/sem dança. São poemas que falam da vida real, do acordar antes que os passarinhos.

Alberto Costa

São Paulo, SP / Uberaba, MG, 2024

Prefácio

Procurei não me alongar neste texto, fui breve, e confesso: é a primeira vez que recebo essa tarefa--convite para escrever um prefácio. Assim, dedicar vários cadinhos do meu tempo à leitura deste conjunto de poesias fez florescer os meus dias até mesmo aqueles mais espinhentos...

Passarinho que traz em seu bico não somente galhinhos para tecer seu ninho, mas também carrega a força requerida para um bater de asas coreografado. Tal como o passarinho, o poeta Alberto Costa, guia uma força em proveito de transpor para a escrita o seu voo e, assim, segue tecendo a sua caligrafia madrugadeira. Creio que, aos poucos, este poeta foi desbravando um jeito de nos conquistar por meio do gesto fértil de poetizar.

Trinta poemas para acordar passarinho é este singelo livro pequenino, livro de bolso para levar junto da gente, pra lá e pra cá. E quantos cidadãos hoje caminham carregando no bolso ou na bolsa, além de trocados, contas a pagar e chaves, um punhado de poesias?

Revoada é a palavra que escolho para abrir o caminho da leitura poética deste conjunto de versos que se destinam a acordar passarinhos.

> revoada[1]— re·vo·a·da
> 1 Ato ou efeito de revoar.
> 2 O voo da ave que retorna ao local de onde partiu.
> 3 Bando de aves que voam juntas.
> 4 POR EXTENÇÃO Grupo animado de pessoas em movimentação.
> 5 POR EXTENÇÃO Grande quantidade de pessoas ou coisas; bando.
> EXPRESSÕES
> De revoada, COLOQUIAL: de maneira apressada.
> Em revoada, COLOQUIAL: em bando.

Revoada, porque este singelo livro de bolso nos convida a pausar em meio a tantos dias apressados e barulhentos. E pausar para aconchegar-se em casa, num cantinho silencioso e calmo, ou até mesmo num banco rígido e cinzento de uma praça pública, sob a sombra de uma árvore. Sim,

---

[1] Significado de revoada conforme dicionário Michaelis. Disponível em: https://michaelis.uol.com.br/moderno-portugues/busca/portugues-brasileiro/revoada/

pausar só para ler e reler *Trinta poemas para acordar passarinho*.

Afinal, tal como os passarinhos, também fazemos parte de um bando. E somos o bando dos que não querem abrir mão do livro impresso, *expresso* no papel; dos que ainda não foram capturados pelo anseio de aderir ao uso exclusivo da tela azul; seja a do celular, tablet ou computador. Aliás, embora ambos tanto este livro quanto o celular tenham dimensões para caber no bolso, escolha, por um dia inteiro ou apenas por uma hora, deixar o passo da caminhada mais leve, fazendo caber nas suas vestes apenas um. Sugiro que tente, por esse tempo, não carregar os dois juntos. O primeiro (um livro de poemas) alivia ou pesa a depender da poesia; o segundo (um celular), embora leve, é oneroso demais. Ora, sejamos também um pouco passarinho...

Os especialistas recomendam: faz bem aos olhos fugir, por um tempo, do modo virtual, e revoar para o papel. Faz bem ao coração um punhado de poesia — e voar! Sigamos, então, já que nós, leitores, junto com o poeta, formamos nosso bando de passarinhos, e daqueles que partem em revoada sem mapa, mas com destino. O destino de encontrar ninhos encharcados em meio à chuva d'água, constituída por acalanto e esperança.

Por fim, faço minhas as palavras do poeta Alberto Costa: "Vamos aprender com os passarinhos! Eles nos ensinam a acalentar... [...]".

Para ler o ninho destes versos, visite o poema *Aprendendo com passarinhos.*

Angélica Carvalho Lemos,
Inverno de 2024.
Uberaba, sentada num banco da Praça Santa Terezinha

Prefácio

Conheci Alberto Costa durante a pandemia de Covid, quando o mundo se viu lançado num ciclo de isolamento e desesperança. A fim de evitar o risco de contaminação, encontros virtuais tornaram-se frequentes como alternativa para reunir pessoas e discutir assuntos de interesse comum. Nossa primeira conversa foi sobre a metodologia de Paulo Freire, educador que ambos admiramos. Desde então, tornamo-nos parceiros. Ele lá, eu cá, sempre juntos. Acompanhei sua trajetória e descobri que Alberto sabe misturar conhecimentos tão diversos como ciências exatas, economia, filosofia, educação e humanidades. Tem interesse por temas como cultura, educação popular, arte-ciência, geometria, artesanato e bordados.

Por causa dessa característica, tornou-se, para mim, referência de como a transversalidade do conhecimento pode contribuir para o avanço das ideias. Os saberes conversam e Alberto soube como tirar proveito desse aprendizado, combinando seus múltiplos saberes. Quando se puxa um fio dessa trama que é o conhecimento humano, descobre-se que tudo faz parte do mesmo novelo.

Cada ponto revela outro ponto, cada traço contribui para formar um bordado emaranhado de linhas coloridas para, ao final, formar um quadro de múltipla beleza e complexidade. Alberto conseguiu vislumbrar isso e, hoje, não se furta a compartilhar suas descobertas e revelações.

Determinado dia, recebi dele um poema. Perguntei-lhe: "*Você também é poeta?*" E ele me respondeu: "*Faço versos.*" Desde então, seu perfil ganhou novos contornos, enriquecido por mais esta surpreendente qualidade. A poesia é o campo da palavra, e Alberto é um danado com as palavras. Brinca com elas, como se fossem seu brinquedo preferido. Sua poesia é um antídoto contra a mesmice. Neste sentido, fazer poesia é revolucionário! Para o autor, *poemas são luzes e tudo serve para fazer poema, tudo é frescor de coisa viva...*

Para quem pratica o *poetar*, não há tempo passado ou futuro. O passado é presente nos sentimentos e o futuro é presente na esperança. *Amorosidade* e *esperança*, dois sentimentos fundamentais na teoria paulofreiriana, tão inspiradora da trajetória de Alberto.

A descoberta desta sua nova faceta ampliou minha admiração. Invejo Alberto pela coragem de se aventurar a fazer versos. Como escritora, talvez me falte esta coragem. A poesia nos expõe... nos revela... o que se lê no seu livro são páginas que revelam sabedoria e sensibilidade incomuns.

O próprio título já é inspirador. Um convite à beleza que os poemas sugerem: "*Trinta poemas para acordar passarinho*". Haverá algo mais poético do que isso? Ao receber o material, decidi não me deixar seduzir pelo título, até porque não teria tempo para mergulhar numa leitura cuidadosa. Tive de bloquear meu impulso e renunciar àquele anseio imediato.

Algum tempo depois, consegui dar asas ao meu desejo e me aventurei. Afinal, não, não é cortando-se as asas que se aprende a voar. Então, passarinhei por aquelas páginas com leveza e mergulhei na beleza dos versos. A primeira leitura foi voraz. Depois, reli com calma, sem pressa. Escrevo este prefácio às duas horas da manhã, porque não consegui interromper a leitura. O livro de Alberto nos transporta para outra dimensão — *a do voar*!

Em *Amanheceu com os passarinhos*, há uma aposta na nossa capacidade de sermos felizes. *Canto de passarinho* exalta a pulsação e a alegria do viver. A mesma vida que acorda, grita e pede passagem em *Poesia da infinita beleza, que* quer dançar ao ritmo de brincadeira em *Poeminha em dia festivo* ou nos convida à leveza em *Aprendendo com os passarinhos.*

A marca *paulofreiriana* revela-se nos versos contundentes de *Em Construção*, ao assegurar que nunca estaremos prontos, pois o inacabamento faz parte da continuidade.

Convido-os a mergulhar nas páginas do livro e a se deixarem levar pela beleza e leveza dos poemas. Alberto possui asas imaginativas imensas, que lhe permitem voar alto e ver o que nem todos veem. É capaz de olhar para o que merece ser visto. Pequeninas coisas que apenas o olhar sensível dos poetas é capaz de captar. Creio que, se tivesse asas, ele arriscaria imitar passarinho. Como não as possui, voa nos seus versos.

Maizé Trindade, jornalista e filósofa que, aos 75 anos,
segue desejosa de respostas para muitas indagações.
Belo Horizonte, MG, 2025.

Prefácio

A ação de encantamento da natureza nos poemas para acordar passarinho de Alberto Costa

Os Poemas para acordar passarinho são diálogos com a natureza, em sua concretude dos pássaros que habitam o vasto e múltiplo planeta Terra, nossa casa única.

Os poemas para acordar passarinho de Alberto Costa exprimem uma relação de comum-pertencimento entre os humanos e os outros seres e entes da natureza, em sua amplitude desconhecida e em sua propriedade de ampla relação de tudo com tudo.

Sim, os passarinhos acordam com poemas cantados pelos poetas que os convocam a revelarem-se para o humano em sua diferença radical. Pois não há como reduzir cada ente, em seu ser, ao ente abstrato da representação humana, generalista e monológica.

Os poemas são canções diárias, próprias do amanhecer, que busca com sua presença e vitalidade, os cantos dos passarinhos que despertam da recolhida noite e celebram, de modo simples e direto, a vida que renasce e segue o que pode ser aprendido e criado para o usufruto dos livres e conclamação para que os que se encontram na servidão, voluntária ou involuntária se deixem desapegar das ideias fixas, e afirmem o cântico que ativa o dia e segue projetando-se em ações desimpedidas, livres de vínculos programáticos mal amados e bélicos em seu pendor estúpido.

É o pendor poético dos poemas que faz brotar a anterioridade do sentir e do celebrar em relação a tudo o que se segue como humano representado e cultura em movimento. Tudo uma grande ilusão, sem o pendor de cantar os que encantam com suas canções para que continuem cantando e acordando a Terra em seu novo dia.

Os passarinhos nos antecedem e nos revelam o que há de mais precioso no instinto estético da natureza em todos os seus planos e níveis de realidade. Acordá-los também é um contato renovado com eles, para que sejamos tocados pelo seu cantar em seu vigor instante, concreto.

Quer dizer que somos poetas-cantores que amam acordar passarinho para o deleite da alma que contempla e silencia, para bem ouvir os pássaros em seu despertar. O autor nos convida a partilhar seus poemas no modo afetivo do encontro amoroso.

Há sempre um encantamento em poder cantar e poemar para acordar os que gorjeiam em todo amanhecer terreno. É uma renovação do passarear na voz do poeta, que segue os pássaros para poetar com altivez e simplicidade amplamente irredutível e complexa em sua singularidade única e efêmera.

Um gesto simples do poeta, que é sua necessidade vital: cantar e cantar, para acordar os que nos antecedem como seres no mundo, e que também nos sucederão misteriosamente, como se nenhuma razão plausível governasse tudo o que há de vivo e ativo em sua poética vital. Pois, quando se canta, tudo é mágico, sem exageros. E o sentir próprio encontra a sua necessidade de cantar como modo de ser, em sua mais pura concretude e incomensurabilidade. Pois, para acordar passarinho, é preciso estar desperto antes deles, o que se dá na ausência da luz do sol, na noite perto do seu amanhecer. Só os que já estão acordados podem cantar seus poemas para acordar passarinho, o que é um encontro sem contornos e limites.

Poemar para acordar passarinho é também um pacto com o que se levanta em seu agir, antes dos discursos explicativos e redutores pela comparação. O poeta declama seus poemas porque quer participar da cantoria do passarinho que se destaca na multidão de todos os pássaros da Terra que cantam o seu despertar.

E, com o sol em seu luzir diário, o passarinho pode ser acordado pelo gorjeio de poetas apaixonados pelo simples cantar de um pequeno passarinho, que pode até ser mais avantajado em seu corpo de passarinho, mas o pequeno pássaro em seu canto encanta o poeta que quer sempre acordá-los para ouvi-los cantar para o dia que se levanta, e para o instante que se apresenta sem razão e previsão.

O poeta sabe que também dança na imensidão do planeta. Ele gira em uma repetição da dor que o gira na gira do giro do mundo em seu rodar e no seu interior. As cores são diárias e nunca se repetem. O despertar de cada dia antecede as ocupações corriqueiras e abrange a imensidão das horas, quando é imperativo escrever poemas para acordar passarinho.

O poeta se percebe em seu sendo-ser, e nada escapa aos versos que reúnem as partes separadas e as tornam uma diferente unidade, que não é comparativa nem competitiva. É celebrante em seu poetar refletido.

A propriedade do poeta é continuar poemático e fluido, como se fora um movimento sem fim que não guarda uma identidade acabada, porque é acontecimento, e não discurso sem ação. Os poemas que acordam passarinho falam do cotidiano que se desdobra em planos de ação em que tudo é movimento perpétuo de um *devir-passarinho* em que o poeta dialoga com a vida em seu modo de passagem e transposição de limites e normas dadas. Porque tudo visa apenas ultrapassar, sair do modo sempre igual e entrar na frequência do modo que tudo conecta em seu ser mesmo, na beleza da necessidade de poetar.

A saga do poeta é encantar com suas canções que são poemas nascidos do ímpeto desejante de maior potência e plenitude vivente. E as palavras do poeta são suas palavras e de mais ninguém. Mas o poeta também é muitos, e se multiplica em seu poetar como a luz dos sóis e o fenômeno da vida natural.

Em sua simplicidade cantante, o poeta encanta com suas palavras nuas, sua fala que diz o que acontece, e é um estar-com o mundo da vida. Acolhamos, pois, o poeta que permanece gerando poemas para acordar passarinho e em extensão, a vida em sua concretude poemática, inventiva, surpreendente: uma novidade radical. Espanto encantador.

Dante Augusto Galeffi
Salvador, Bahia, fevereiro de 2025

Poesia da infinita beleza da vida

Nesta última semana
um cansaço imenso
rebate sobre meus ombros.
Um corvo suspenso,
um entusiasmo magnífico,
a baixa umidade do ar,
temperatura elevadíssima.
A vida natural pede socorro!
Alguns se trancam em casa,
outros não suportam a pressão
das tarjas.
Outros estão correndo
qual direção?

Sentimento do dia, a esperança da clínica, a amizade antiga, a fertilidade da vida, exuberante repleta, a ansiedade na certa, a euforia da festa, a alegria completa, a procura conecta, o vício, o descaminho que arrasta, o caminho que resta.

Na busca minuciosa,
diligência e revisão.
Redundância diária,
batimentos do coração.

A reunião, a decisão, o sim, o não, o cotidiano, o bem-estar, as dores, as energias, as flores, o sorriso, o calor, o magnetismo, arrepios, felicidades, a caminhada, a corrida, a palavra, a fala, o não dito, as contas, a dívida, os pagamentos, exames, a cópia, impressão, aposentadoria, gorduras, finuras, delicadezas, astúcias, esperteza, burrice, a sensibilidade, a chegada, o mistério, a partida, a tristeza, a bebida, os remédios, os analgésicos, a cura, a doença, a neurose, o frio, o luto, a libertação, a pobreza, a riqueza, a ignorância, o choro, o desespero, a realidade, amiúde, o sagaz, o cruel, a vítima, o mendigo, o nobre, o pop, o palhaço, o velho, o novo, o descaso, a calçada, a viela, a estrada, a entrada, a saída, o beijo, a saúde, a comida, o equilíbrio, o comportamento, o relacionamento, o nascimento e um monte de coisas que poderiam entrar nesta infinita beleza da natureza humana.

E a vida
acorda,
grita e pede passagem companheira.

Uberaba, 8 de março de 2024

Noite vazia

Na busca constante
de uma dança errante.
Passo sem compasso
na noite vazia.

São Paulo, 2020

Aurora

O barulho dos primeiros carros ecoa na avenida.
Um pássaro, dois pássaros cantam para receber o novo dia.
As gotículas se lançam no chão,
na fresta surge o raio solar.
E louvamos o fenômeno da vida natural.

Uberaba, 15 de fevereiro 2024

Girando em torno do sol

A noite cheia
girando em torno do sol.
Algumas palavras em órbita
e todos estão dançando um passo de dança.
Eu também danço
na imensidão do planeta.

Uberaba, 2024

Em construção

Estamos sempre em construção, mas nunca ficaremos prontos.
nunca ficaremos prontos.
Nunca estamos prontos, sempre estaremos em construção.
sempre estaremos em construção.

Uberaba, 02 de fevereiro de 2024

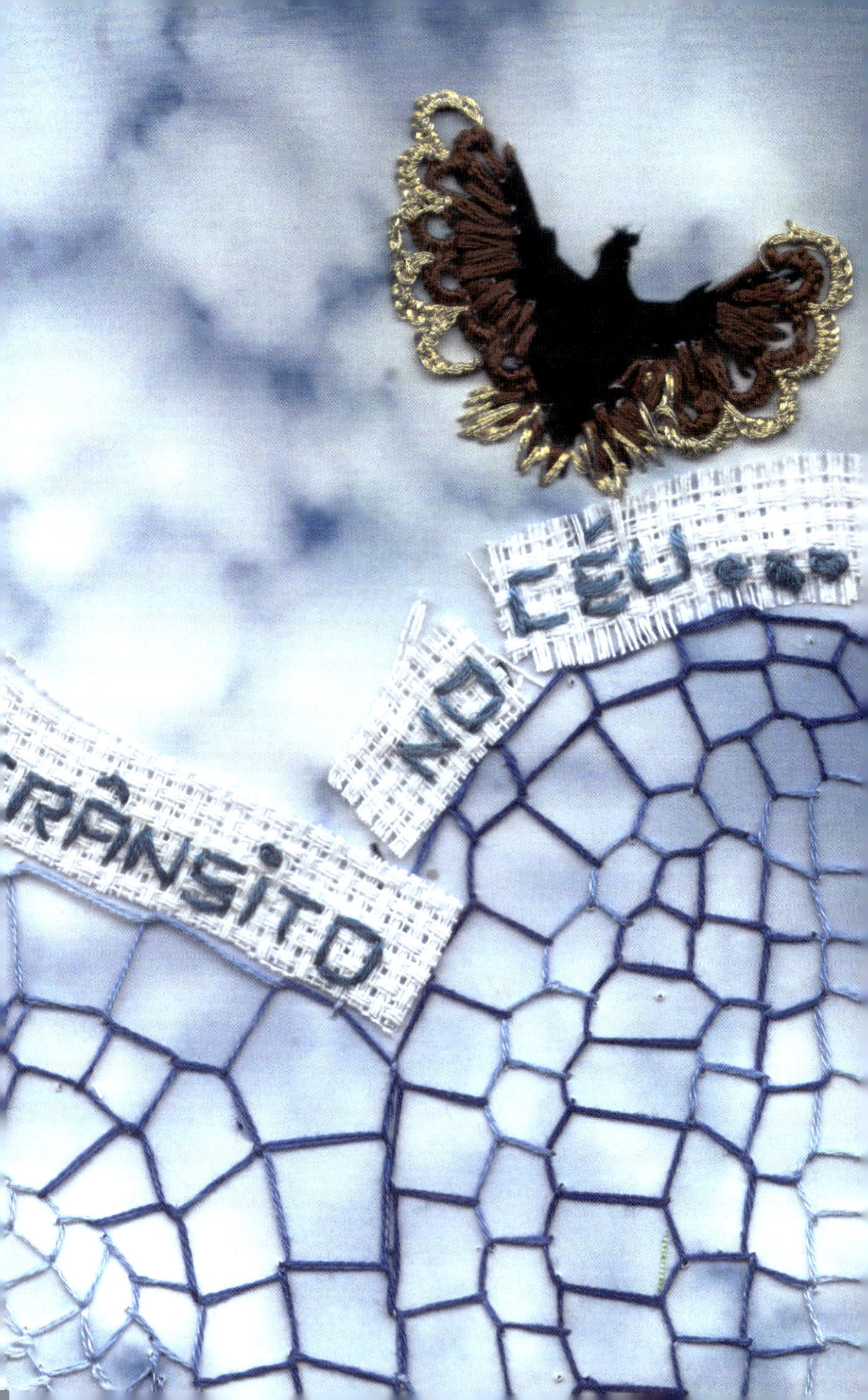
TRÂNSITO
NO
CÉU...

Para te ver, mas nunca te conheci

Eu vim para te ver
não sei se te conheci.

Eu vim para te ver
nunca mais eu te vi.

Eu vim para te conhecer
Exu do mato no oceano pacífico.

Eu vim para te ver
nas ondas perigosas do mar sem fim.

Parabólicas sintonizam...
Fibra ótica comunicam...

Subi a rua 13 de maio
do centro para o bairro.

Eu vim para te conhecer
não sei se te conheci.

As nuvens dão um parecer,
a tanto tempo não te vi.
Você se perdeu por aí.
A estrada dominou seu destino.
A parabólica é ali.

Uberaba, 18 de abril de 2024

Renovação da ressaca

Tem hora que o dia não passa,
tem dia que é renovação da ressaca,
tem tempo que é só um momento.

São Paulo, 2024

Quando vem a madrugada

Quadrado sem reboco...
Espelho estilhaçado.

Nas escadas e nas vielas...
Chamam de quebrada.

Cacos de uma arquitetura...
Cor de tijolo sem acabamento.

Quando vem a madrugada...
Os cachorros fazem a festa.

São Paulo, setembro de 2023

Território em eterna construção

As vezes sim
noutras não.
Foto de casas suburbanas
sem reboco
e sem piso no chão.

Entre travessas e escadas,
vielas e estradas,
o espaço das quebradas
é viver entre meadas.

São Paulo, dezembro de 2023

É certo, amanheceu...

Amanhece a brisa matinal.
A vida canta e encanta lá fora.
Na janela o que restou da noite
Sereno, nuvens e outros ventos.

São Paulo, 2020

Maltrapilho

Lá vem aquele bandalho
tropeçando na escada.
Anda ligeiro e meio torto,
procura no escuro bituca em cada sarjeta e calçada.

Uberaba, maio de 2024

Todos cantam

Música dos pardais,
nos fios do bairro.
Orquestra passarinho
e outros cantarolares.

Uberaba, 5 de abril de 2024

Obá

Com a mandinga virou seu refém,
em alto mar o barco virou
oferenda fez também.
O barqueiro não sabe nadar
e quem pode com as ondas do mar?

O barqueiro não sabe nadar
e quem pode com as ondas do mar?

Obá salve e purifique o ar...
Obá acalma e abra os caminhos do mar...

Obá.
Obá! Obá! Obá!...

Obá representa as águas revoltas dos rios, pororocas,
águas fortes de enchentes,
desemboca nas quedas.

Obá controla o barro, água parada, lama, lodo e os alagamentos.

Mãe d'água proteja o sertão.
Obá!
Traga o pescador com a fartura do peixe e do pão.

Abra os caminhos do mar!
Abra os caminhos do mar!
Abra os caminhos do mar!
Obá!

Santos, 2023

Amanheceu com os passarinhos

A cura vem com o tempo.
Força para viver o bem-viver ou sobreviver neste
relento cotidiano.
Em meio a tantos pastores
a vida quer ser Feliz.

Uberaba, 2022

Virou sereno

É tarde
e tudo está brando.
Nestes dias cinzentos...
Que a justiça sobreviva!

Chuva pra lavar.
Pra lavar.
Pra lavar o dia.

Água pra beber.
Água pra alimentar a vida.

Santos, 2023

Canto de passarinho

Amanheceu com um canto de passarinho.
A vida pulsa e quer vivacidade.
O rio corre...
A vida corre...
Acreditemos!
Ontem eu vi um menino correndo
a parte realista de cada dia.

Uberaba, 2021

Antes do amanhecer

Nos mantemos firmes
como uma família imigrante em busca de novos territórios.
Desafios diários como um barco no mar.
Perseverança na passagem.
A engrenagem que gira
e o poeta anuncia:
Desesperar...jamais!

São Paulo, 2023.

Poeminha em dia festivo

Que o dia seja tranquilo
como o sereno da madrugada.
Que a noite seja dançante
como pássaros em revoada.

Que sejamos harmonia nos quintais e em nossa casa
a vida quer dançar
no ritmo de brincadeira.

Como correndo livre
e escalasse uma ladeira.

No exercício desse samba canção
com carinho, companheirismo e amor
abraço a companheira
em brilhos de festa.

Uberaba, 13 de maio de 2023

Galo cantante madrugadeiro

É madrugada!
E nos terreiros do bairro
o galo vem cantar fora de hora.
Momento sereno este instante
escuta o estalo silencioso.
Já o orvalho madrugadeiro umedece toda folhagem
e tudo é tão natural.

Uberaba, 2024

Trabalho pesqueiro

Aquele homem tem um barco que vai em direção ao mar.
Ele volta com a tempestade
em direção a orla,
ao cais.
— Isso é forte!

Santos, 2023

Bares, geladas e outros petiscos

Para Sr. Luiz e Marquinhos

Olha!
Hoje é sexta-feira.
Os bares estão abertos.
Aquele afeto no balcão.

— Sr. Luiz ou Marquinho abre mais uma gelada.
— Traz aquele pedaço de carne de panela para dois.

Outro dia.
— Carne de panela, não!
— Hoje vim sozinho, só um pastel por favor.

21h07. — Amor.
— Não comi nada ainda.

— Logo vou subir.
— Vamos jantar.

23h12. — Preciso contar.
— Sim.
— O Sr. Luiz fechou.
— Tomei 5 cervejas.
— Logo subo.
— Estou tranquilo.

Uberaba, 2023

Desenho em nuvens antes do amanhecer

Das caligrafias
ao desenho de lápis.
Construção de rabiscos nas nuvens
vejo você caminhando na praça:
formosa, garbosa e delicada,
um encanto de ser humano travessia.

Uberaba, 2021

Música dos passarinhos

Amanheceu com a música dos passarinhos.
Eles estão felizes
cantarolando em todos os cantos
uma conversa maluca.
Estão falando e escrevendo sobre a segunda-feira e
o trânsito no céu.

Uberaba, 22 de abril de 2024

Antes do sol nascer

Bebedeira, Saideira e Madrugada.
Poema escrito antes do sol nascer.
Livro dedicado a você: Camarada.
Acordando os passarinhos
antes que a noite acabe.

Uberaba, 2020

Na vida com dança

Foi um idiota que disse
que a classe operária é crendice.

Foi um medíocre que aceita
falar besteira sem receita.

Foi um estranho que programa
confusão na trama.

Foi um reacionário que se lança
na vida sem dança.

São Paulo, 2020

Conferência de passarinhos

Nuvens no céu cinzento.
E todos os dias
os passarinhos brincam nas árvores vivas.
Conversam coisas reais:
Conferência sobre o clima.

Uberaba, 2021

Antes que seja noite

Girando em torno do não lugar
da natureza inexistente.
Do tempo inconsequente.
Da vida pelos dentes.
E nada mais de poematizar.
Antes que seja tarde!

Uberaba, 27 de abril de 2024

Nestes dias de sol

Um abraço
do lado esquerdo do peito.
Um olá como vai
faz bem
nestes dias de sol
nestes dias de sol também...

Amanhã talvez nos encontramos no trecho.
A vida está corrida!
Precisamos de muito molejo
como um trem.

Amanhã talvez...
A vida está corrida!
Como um trem.

Uberaba, 2023

Sintonia enluarada

É engraçado essa vida
ela deve ser iluminada.
Um caminho de alegria
sintonia enluarada.

Felicidade vem na porta
espontânea apaixonada.
Um brilho de folia
cantoria ensolarada.

São Paulo, 2024

Entre lagos no sereno da manhã

Interlagos
entre lagos.
Represa Guarapiranga
Represa Billings.
Chuva forte
sem proteção.
Chuva forte
córrego escorre para a serra...
Serra do mar
estrada de ferro.

Entre lagos
tem ilha também.
Bororé do outro lado de lá
próximo do Eliana, Cocaia e Grajaú.
Muita água

área verde.
Parelheiros
Varginha, Herplin, Colônia, Marsilac, Cipó, Embu Guaçu.
Limite do bairro
de lá para lá.
Cortada por duas represas.
E depois a serra do mar.

São Paulo, 2023

Classe social

Recorte social
geometricando a classe:
O debaixo segura o de cima
e os que não comem estão no subsolo...

São Paulo, 2022

Dia e Noite de poesia

Poesia: um símbolo
de nostalgia e alegria.
Um sinal de multiplicação na vida poética
para aqueles que seguem escrevendo no caderno
à lápis.
Para aqueles que andam nos bares da praça e nos
clubinhos do beiral e da esquina.
Que no dia seguinte depois de um bocado,
tudo trocado
tudo renovado.

Rebocado
reiniciado
apaziguado
tranquilizado
retorna ao caderno de poesias.

Uberaba, 09 de março de 2024

Subtração cotidiana

Caros estudantes,
vamos avançar na resolução de problemas cotidianos e sociais?

Uberaba, 2023

É noite

Anoiteceu:
com águas de março.
Chá e melaço
para acompanhar.

Uberaba, 2021

Poesia de fim de tarde

Vamos fazer uma história
do começo no remanso.
Acreditar que pode acontecer
a poesia de fim de tarde.

Uberaba, 29 de fevereiro 2024

Corpo rígido

Zona de Desconforto
nada confortável
dores no corpo
rigidez.

São Paulo, 2023

O trem que vai madrugada afora

Em Minas
o trem vai
o trem vem.

Nada romântico de trem caipira.
Apita a madrugada inteira.
Leva tudo que pode.
Arrasta toneladas.

Em Minas
o trem vai
o trem vem.

Nos trilhos um barulho
estridente ruidoso
atravessa a cidade

com potência
sem cancela.

Em Minas
o trem vai
o trem vem.

Gado, madeira, minério, ouro, soja e cana:
estes são uns dos principais produtos de
escoamento.

Em Minas
o trem vai
o trem vem
em Minas.

Uberaba, 2024

Na instituição

Entrei naquele corredor
dando bom dia ao vento.
Alguns respondiam com alegria,
outros demonstravam
descontentamento.

Uberaba, fevereiro 2024

Coisa miúda

É noitinha propícia
para escrever um poeminha minúsculo,
de sementinha miúda
avermelhadinha e engajada.
Coisinha pequena
florzinha linda.
Desabrocha na praça
da Santa Terezinha.

Uberaba, fevereiro 2024

O vento da madrugada

Ouço as gotinhas da chuva
que dançam leve.
O vento tranquilo da madrugada...
O Bem-te-vi anunciou seu canto...
Inspiração vai e vem
como balanço do trem que passa e apita próximo de casa.

O que te inspira?
O que respira?

Levantar-se para correr.
Nadar e vencer
em busca do prazer.
Ou deixar algo para trás
e não voltar para rever?

Quando olhamos para o retrovisor,
em alta velocidade:
estamos distantes.

O que te faz mover as cortinas?
O que te faz mexer?
O que te faz dançar?

Uberaba, fevereiro 2024

Improviso de cenas no centro cultural

Artes
com Tambores e cenas.
Improvisos diários
projetos e colunas semanais.
Construções de estandartes
acreditando na casa.
Corredores largos
estreito cenário.
Quintal com flores
desabrochando
renascendo
linda flor.

Uberaba, 2023

Corpo que grita

Borbulhando elementos psicofísicos na rede de fibra ótica
contaminando o meio biótico.

São Paulo, 2023

Caboclo antropofágico

Faz-se caboclo antropofágico.
Mastiga e engole a terra como mágico.
Vomita reconstruções
em recentes constelações.

Uberaba, 13 de fevereiro de 2024

Desenhando o planeta

Com o desejo de desenhar o planeta Terra e as Constelações
nada saiu como deveria ser rascunhado.

São Paulo, 2024

Noite de carnaval

É carnaval.
Na avenida a alegria é contagiante!
A fantasia exuberante
palhaços e bandeiras
foliões e brincadeiras
é carnaval.

Frescor de coisa viva

Amanheceu com frescor de coisa viva!
Os bichos saem de suas casas...
Suas causas voam distantes.

Um prazer
todo prazer.

Regalo benigno
em conhecer.
Onde está o amor?
Remastigar a existência humana
e voltar para o espaço delimitado.

São Paulo, 18 de janeiro 2024

Delírios madrugadeiro

Poema são luzes acesas
versos entrecampos
desejos e delírios madrugadeiro
forasteiro cotidiano.

São Paulo, janeiro 2024

Poema: Camadas

Camadas sobrepostas
em cima — embaixo.
Folha de papel e cortes
camadas de panos
leves planos.

São Paulo, janeiro 2024

PRA
POEMA
FAZER

Aprendendo com passarinhos

Vamos aprender com os passarinhos!
Eles nos ensinam a acalentar...
Cantam e brincam semelhante à molecada.
A vida é leveza!
Logo cedo após a madrugada.

Eles brincam como a vida quer brincar
dançando suave na chuva
gritando baixinho na rua
vivendo correndo na sua.

Uberaba, fevereiro 2024

FOLHAS
VENTOS
SERENO,
E OUTROS

Quatro dias de folia

Na festa da carne
gritava nosso amor.
Quatro dias de folia
espanta qualquer dor.

Uberaba, fevereiro 2024

ponto e ninho

Pão e vinho

A poesia chegou regada de pão e vinho
na imensidão lunar deste caminho.

Uberaba, março de 2024

VAMOS APRENDER
COM OS
PASSARINHOS

Aroma entre as flores

A beleza da vida
no cheiro da escrita.

ESTÃO
FALANDO
E ESCREVENDO
SOBRE A
SEGUNDA-FEIRA

Acordado nos sonhos

Maria!
A vida acorda, grita e pede passagem.

Uberaba, 2020

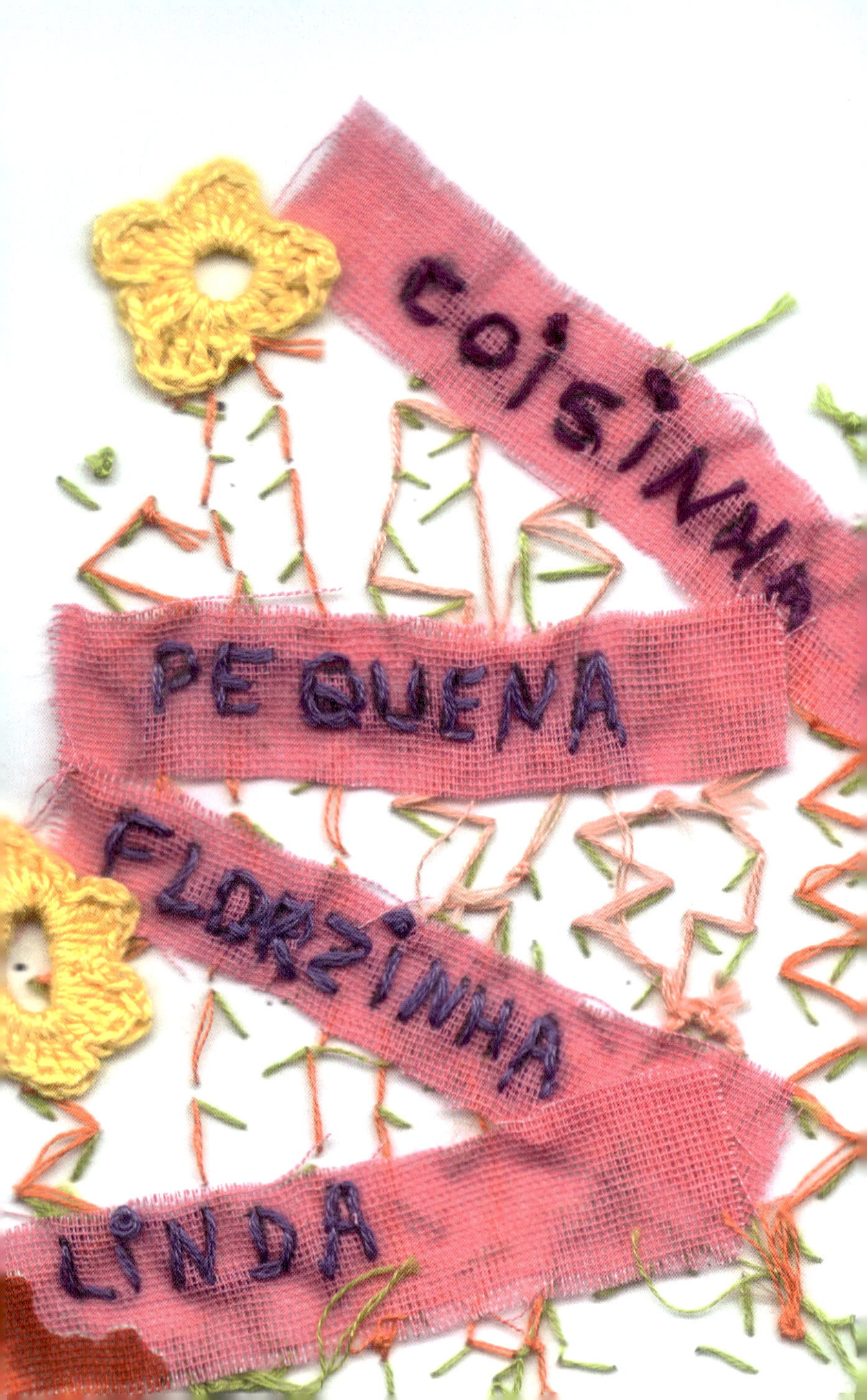
COiSiNHA
PE QUENA
FLORZiNHA
LiNDA

Alegria triste

Noite amanheceu!
Finda aquela alegria triste...
Abrem portas de um novo dia...
De um outro rastro...

Uberaba, 29 de abril de 2024

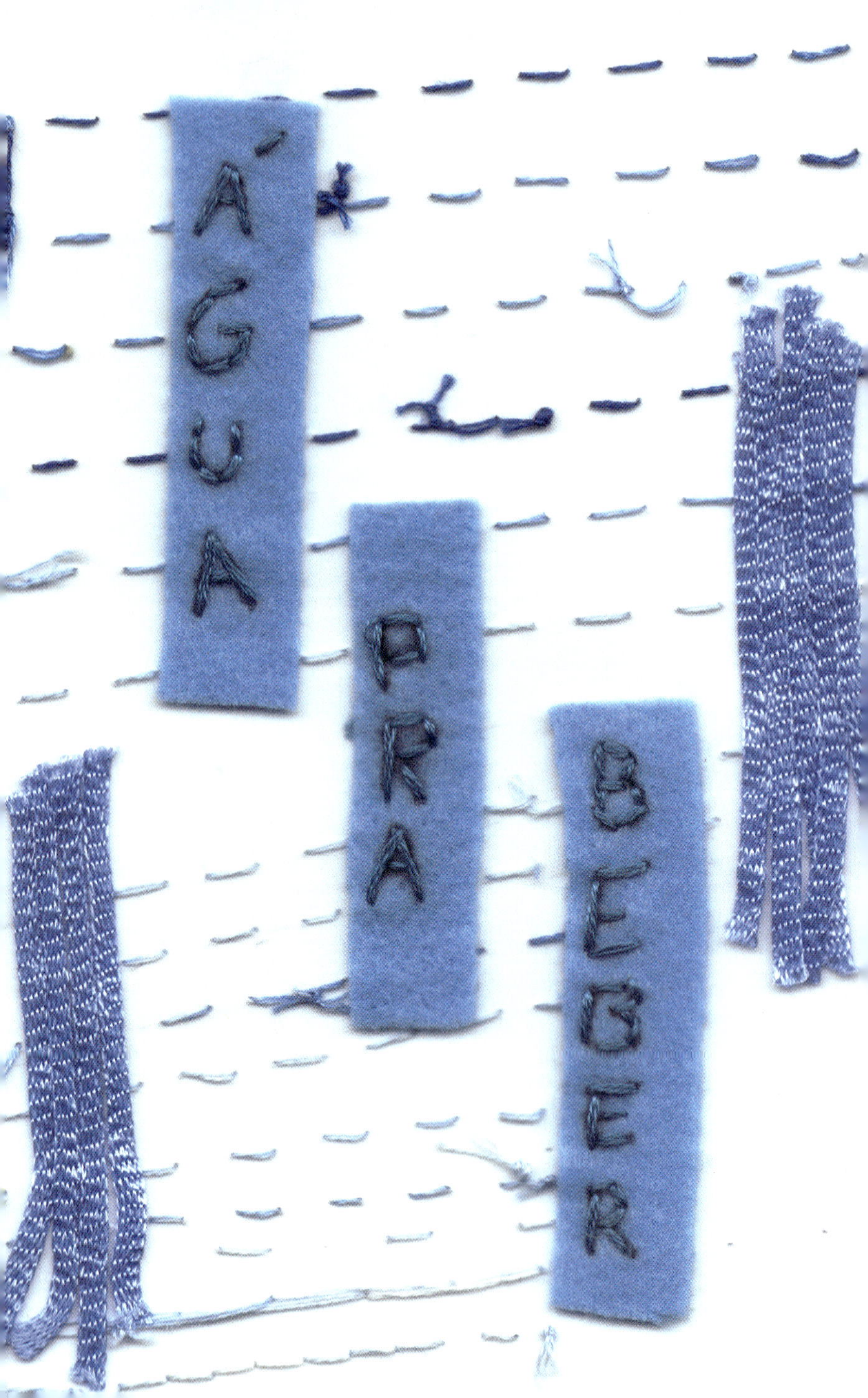
ÁGUA
PRA
BEBER

Barqueiro noturno

O barqueiro sabe nadar...
Ele sabe navegar na imensidão do mar.

Santos, 2023

OS PASSARINHOS
BRINCAM
NAS ÁRVORES
VIVAS

Era outono

Era outono!
E as folhas secas espalhadas no chão...
No chão da praça.
Quando ando em folhas ouço seu estralar, sua rigidez....
Era outono!
Ando em folhas secas na praça.
Era outono!
Folhas secas no chão...
E o coração contente.

Uberaba, 21 de junho de 2022

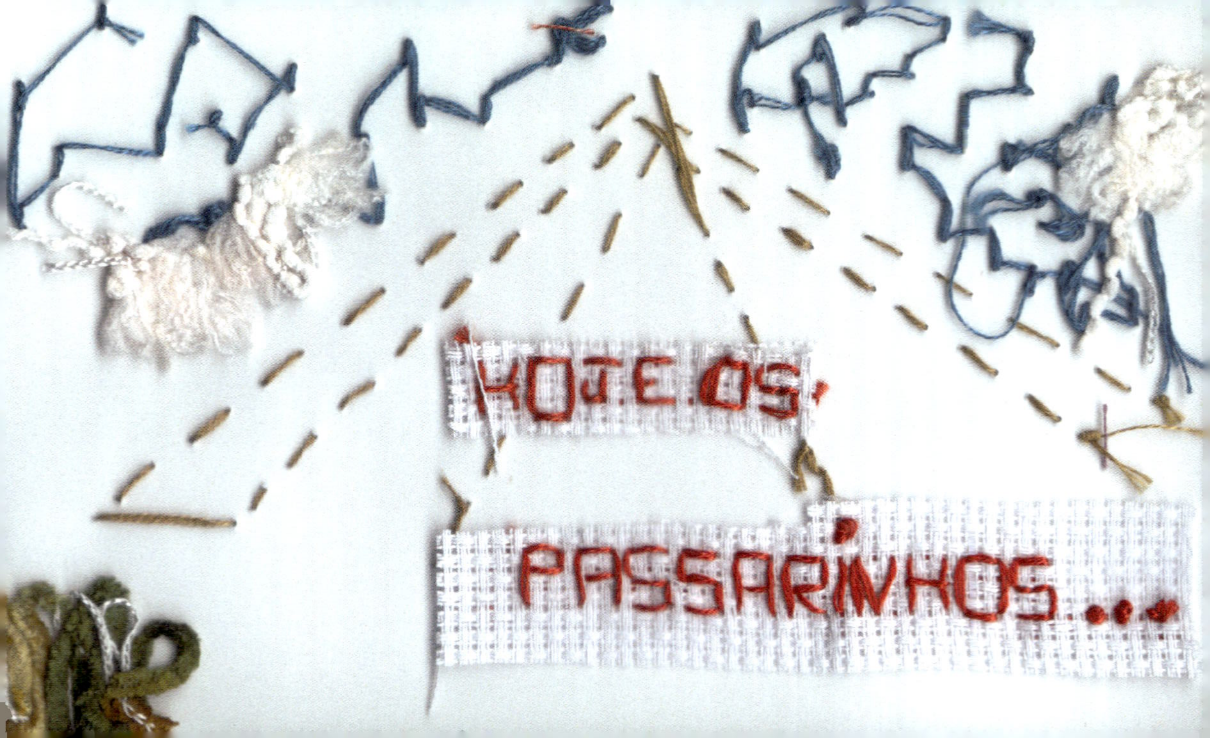
HOJE OS
PASSARINHOS...

Noite chegando

Tarde findando...
Lucidez acendendo.
Caminhando na cidade...
Cidade que grita por cuidados emergentes.

Uberaba, junho de 2022

Brilho do céu

Podemos todos os dias perseverar um caminho fértil de esperança....
De amor...
De vida saudável.
Porém, a realidade é que o caminho é como um rio em nuances,
Que muda de cor
Conforme o brilho do céu
O rio corre, bem ou mal.

Expressão poética

A vida é tão ampla
Multicolor infinita
E expressões poéticas fazem parte desta lida...

Tração na corda

Na dicotomia do poder
Fazendo tração na corda.
Entre opressor e oprimido
Desencadeiam na certa
Luta eterna...

Assim, permanecem os Navegantes
Entre a filantropia nos trópicos e
"Esperar por D. Sebastião,
Quer venha ou não!" diz Fernando Pessoa

Uberaba, 15 de julho 2022

Comunicação de passarinhos

Os passarinhos estão visitando o céu do bairro...
O céu do país.
Em cantoria alegre
Eles se comunicam com os deuses e com as árvores
E nos alertam:
Ser humano!
Amar o que não Ama...

Uberaba, 30 de julho de 2022

O mundo da janela de casa

O mundo da janela de casa,
Encontros entre o céu e nuvens.
Pessoas se esbarram
Entre lugares.
Todos estão à procura de algo...
Rituais como acalanto.

7 de agosto de 2022

Debruçado no parapeito da varanda

Uma Manhã Fria
Caminho em direção a janela da sala.
O horizonte diz tanta coisa:
Imensidão...

Eu na varanda debruçado no parapeito.
Acendo um cigarro
E não digo nada...

Uberaba, agosto de 2022

Poema é vida estradeira

Tudo serve para fazer poema
E cabe no poema
Todas as concepções que queira
Pois o poema é livre...
O poema é vida crescendo estradeira.
Sol nascente,
Lua iluminando estrada,
Flor da manhã,
Sereno e pássaro
Extravasando fronteiras
Sem condução alheia.
Tudo serve e cabe
Pra fazer poema...

Poema é dança,
Poema é criatividade humana.
Tudo serve para fazer:
Po
es
ia

16 de agosto de 2022

Esgotando prazeres

Os prazeres se esgotam.
Nada é para sempre!
Tudo se dissolve com o tempo
Sempre com limite.

No entanto,
o humano estradeiro sonha,
escala montanha.
Outra parte é pé na areia,
água salgada, onda quebrada,
corpo que dança, bebedeira e canta,
outra silencia, reflete e contempla
a aurora do novo dia.

3 de setembro de 2022

Fim de todas as coisas supérfluas

Parece o fim de todas as coisas,
Sem pensar no fim de todas as coisas incertas.

Versos de paz e sonhos possíveis,
Janela aberta para a imensidão,
Mirante de luz e vida pulsante...

Alegria miúda, energia constante...
Constelação carregada de beleza pequenina.

Setembro de 2022

Poesia selvagem

A poesia adentra numa profundidade estonteante...
As vezes selvagem, as vezes na cidade.
Deixe-me ver na lupa o orvalho da chuva!
Deixe-me ver nos passos
As ondas nos espaços!

17 de outubro de 2022

O sol chegou bem cedo

No céu os passarinhos cantam.
A esperança é tudo em nossas vidas:
Sol quente, cabeça fria.

O sol chegou bem cedo,
Junto os passarinhos cantando em revoada.

A passagem é tão grande!
Somos caminho e escolha de estrada:
Classificação diária.
Procuramos suspiros de vida entre o ser e as coisas e lugares,
O que queremos é viver com amorosidade.

18 de outubro de 2022

Sereno, folhas e outros ventos

Amanheceu e sinto a brisa matinal...
A vida canta e encanta lá fora.
Na janela o que restou da noite?
Sereno, folhas e outros ventos.

No caminho
Avisto você estradeiro.
Nas conquistas cotidianas...
Força e mudança!

20 de outubro de 2022

Passarinho em casa no dia chuvoso

Hoje os passarinhos não saíram de suas casas
para visitar os fios, as plantas e as ruas...
O tempo chuvoso apresenta uma disposição
para os afazeres não domésticos.

Agora os passarinhos estão brincando de pega-
pega no céu...
Se comunicam balbuciando entre os fios,
Fazem poesia com o canto.

21 de outubro de 2022

Poemas em lupas para aumentar coisas

Na próxima segunda-feira vou estirar a Bandeira...
E só vou despendurar depois que a ventania passar!

25 de outubro de 2022

Amanheceu e a natureza canta...
Avisando que a vida quer pulsar e ser feliz de novo.
Todo dia!

28 de outubro de 2022

Estradeiro!
No caminho da nova aurora
Tudo indica que será um dia quente.

Hoje amanheceu como nunca amanheceu antes...
Essa brisa matinal,
Outro tempo,
Outro hoje.

Uberaba, 30 de outubro de 2022

Nasceu um novo dia de amor, anunciando a perspectiva...
Os pássaros cantam todos os dias.

Não há manifestação que não acabe...
E o certo é a infinita Esperança!

Uberaba, 1 de novembro de 2022

No teatro cotidiano
Em cima, embaixo e atrás do palco...
A natureza canta
E os aprendizes giram em torno da sala de aula.

Uberaba, 4 de novembro de 2022

A natureza canta na aurora
A vida a mil lá fora.
Montador de perseverança
E no corpo sonhos...

5 de novembro de 2022

Estalos de coisas
O silêncio que envolve.
A vida pulsa e quer viver
Num mar de ondas calmas.

6 de novembro de 2022

Para a noite de brilhos festivos
A esperança chegou como um sonho
E todos em euforia dançavam entre as estrelas.

10 de novembro de 2022

Caminhando entre lugares
Atravesso à existência
Na filosofia cotidiana.

13 de novembro de 2022

O som da chuva amanheceu sorrindo
E suas gotas se transformaram em lupas para aumentar coisas.

14 de novembro de 2022

Com as Janelas abertas
E atrás das cortinas
Os semblantes eram felizes.

15 de novembro de 2022

Compreendemos que os dias não são iguais.
Às vezes faz chuva, às vezes faz sol...
E todos têm seu direito a tê-los!

Lição do tempo.

22 de novembro de 2022

Que a Esperança reine todos os dias nos nossos corações:
Sejamos caminhos de vida criativa!

24 de novembro de 2022

Um dia de força
Como se estivesse na escalada da montanha.
Um dia de paz, delicadeza e procura
Somos caminhos de luta e esperança.

25 de novembro de 2022

Bom dia!

Os passarinhos cantam ao amanhecer
Anunciando a chegada do novo dia.
Eles cantam poesia ritmada meu bem
Paralisando o som das máquinas.

Broto crescendo no chão da praça,
Vida pulsando, cotidiano...
Em algum instante uma arara azul passou no
céu da cidade.

Uberaba, 11 de dezembro de 2022

Semana que vai
E um dia novo dia que vem...

Vida criativa para seguir o caminho da
Esperança.

Somos estradeiros e afetos...
Ponte e ninho na confluência diária.

Utópicos do bem-viver!

12 de dezembro de 2022

Querida amiga,
Querido amigo!

Amanheceu
Com canto renovado de esperança...
É quarta-feira, janeiro de 2023.
Manhã chuvosa
Tempo fechado.
Tempo de plantar
Novas possibilidades de vida.

Enxergar distante
O farol.
Se emocionar no mar,
No mar
Com a poesia no vento.

E as coisas pequenininhas,
As ações ínfimas
Tem seu significado.

São Paulo, 4 de janeiro de 2023

Música de Trabalho

Salve a Mãe Terra

Salve a Mãe Terra
Sol rei
Salve a Mãe Terra
Sol rei
Salve a Mãe Terra
Sol rei

É ela que dá nosso pão
A água, o ar, nosso chão

Salve a Mãe Terra
Sol rei
Salve a Mãe Terra
Sol rei
Salve a Mãe Terra
Sol rei

É ela que dá nosso pão
A água, o mar, nosso chão

Salve a Mãe Terra
Sol rei
Salve a Mãe Terra
Sol rei
Salve a Mãe Terra
Sol rei

Batuque para Libertá, estudo para libertá

Eu batuco para libertá
E a espada de São Jorge vai curar
Eu batuco para libertá
E a espada de São Jorge vai limpar

Escrita e leitura é natureza
Estudo e trabalho pão na mesa

Eu batuco para libertá
E a espada de São Jorge vai curar
Eu batuco para libertá
E a espada de São Jorge vai limpar

Escrita e leitura é natureza
Estudo e trabalho pão na mesa
Escrita e leitura é natureza
Estudo e trabalho pão na mesa

Doce na panela

Quero doce na panela
Quero doce a vida é bela
Quero doce na panela
Quero doce a vida é bela
Mexo o doce todo dia
É um exercício diário
Ganho meu salário

Quero doce na panela
Quero doce a vida é bela

Quero doce
Quero água
Quero doce de goiaba

A vida é doce
A vida é água
Quero doce
A vida é água
Quero doce
Quero água
É doce. É doce

Toca o tambor

Amanheceu com os tambores de Minas tocando
É tardezinha e os tambores de Minas tocam
Quando anoitecer os tambores de Minas irão tocar

O tambor é resistência
O tambor é paciência
O tambor é sapiência
O tambor é consciência
Ele exige respeito,
Solidariedade e Amor

Por este motivo
toque o tambor

Por este motivo
toque o tambor

Por este motivo
toque o tambor

Tocar o tambor é luta
cotidiana
E não se engana

Por este motivo
toque o tambor

Por este motivo
toque o tambor

Por este motivo
toque o tambor

Por este motivo
Solidariedade e Amor

Por este motivo
Toque o Tambor
Toque o Tambor
Toca o Tambor

Menino velho

Menino velho cadê você
Menino velho cadê você
Menino velho cadê você

Eu andei distraído nas quebradas
Eu andei distraído nas quebradas

Menino velho cadê você
Menino velho cadê você
Menino velho cadê você

Eu andei distraído nas quebradas
Eu andei distraído nas quebradas

Folia

No cântico da folia
No cântico da folia
Eles estão representando as bandeiras e as manias
Eles estão representando as bandeiras e as manias

No cântico da folia
No cântico da folia
Eles estão representando as bandeiras e as manias

Posfácio

Impossível não pensar nas constelações dos pássaros disputando espaço com as pipas que rasgam o céu poente. Poemas que lançam mão da liberdade, vontade de voar, de ultrapassar as águas, os lagos, o além-mar, ao lado de nossos Deuses ou Orixás. Difícil colocar uma vírgula, um ponto, uma exclamação, fazer uma revisão. O verso de Alberto Costa corre livre, sem amarras, entre a madrugada de outrora e o amanhecer que surge na aurora, entre a conferência dos passarinhos que fazem haicais de assuntos modernos, urgentes, como nas fábulas de Ésopo!

Falam do mar revolto para aquele que sabe navegar, mas, nessa urgência toda, até para quem sabe é difícil controlar. Na correria urgente de uma aula, nas quatro rodas do caos na cidade, ou no canto singelo de um passarinho, conversado em língua de poesia, canta mais alto e nos evoca para sairmos desse realismo frio das máquinas artificiais, que se dizem inteligentes, e conhecer as madrugadas, ver o nascer do sol.

Num tom entre o quase hermético e a prosa simples, há espaço para uma poesia que traz o maltrapilho, a classe, a conferência e o aparente banal como uma serpentina de carnaval. Essa poesia, sem deixar de lado o ritmo, é como a ponta de lança que perfura a carne do pensamento, traz, sobretudo, a necessidade de enxergarmos aquilo que parece se perder, mas insiste, entre o calor escaldante e a tempestade, o simples voo do pássaro, que olha de cima, tem horizonte, tem vida, ... isso!

Um voo simples, com caneta e papel nas mãos, se me permite, Glauber, inspiram até a ideia de um poema:

Pontos e pontes
Virgulas e vicinais.
Passarinhos disputam
o pôr-do-sol
entre o céu de Oxalá

e as pipas de Exú.
— Ah! O quanto é grande e sem fim
esse mar de horizonte que vejo com meu
passarim!

Josué Santana
São Paulo, SP, 2024.

Aprendendo com os passarinhos...
E voando com as pipas no céu sem FIM

Sobre o autor

Dançante em roda com o fluxo dos saberes científico-artístico-popular. Assim, com um jeito lúdico até no contar sobre os cálculos matemáticos... Poeta madrugadeiro, matinal, versos diluídos ao café com o pão de cada dia!
Na dança da vida, um pé por vez, sorrateiramente abre caminhos e pula encruzilhadas (Angélica, 2025).

Alberto Costa nasceu na capital de São Paulo, participou nos anos 90 de movimentos culturais na Zona Sul/SP. É formado em Matemática pela Universidade Estadual Paulista — FCT/UNESP – Campus de Presidente Prudente, mestrado em Educação para Ciências e Matemática pela Universidade Estadual de Maringá – UEM/PR, doutorado em Educação na Linha de Pesquisa Processos Formativos, Ensino e Aprendizagem pela Universidade Estadual Paulista — FCT/UNESP e Pós-doutorado na Faculdade de Economia na Universidade do Algarve / FEUALG / Portugal. É professor na Universidade Federal do Triângulo Mineiro (UFTM), atuando no curso de Licenciatura em Educação do Campo e coordenando o Programa de Extensão Universitária "Interfaces entre Artes, Ciências & Matemática" da UFTM e o projeto Universidade Aberta ao Artesanato, Artesã e Artesão (UNA2RTE). Tem interesse nos seguintes temas: cultura, educação popular, arte, arte-ciência, geometria, artesanato do Triângulo Mineiro. É autor, entre outros livros, de *Formação de Professores para o Ensino Fundamental 1: comunicação nos cursos à distância*, lançado pela Editora Appris, 2019, *Identidade do Artesanato de Tradição Cultural de Uberaba, MG*, lançado pela Editora Athena, 2022 e *O Abandono da Educação do Campo no Brasil*, lançado pela

Kotter Editorial, 2023. E recentemente autor do “Guia doce: Deixar a boca cheia d’água, Associação Comunitária Peirópolis Artesanato e Doces Caseiros”, 2024.

Contato: alpdacosta@gmail.com

couchê fosco 120 g/m²
tipologia calisto mt
impresso no inverno de 2025